吃時間

顏艾琳

回音谷

谷底沉著一個美麗的哀怨
她曾經用那清越的歌喉
來喚醒沉睡中的大地
如今人們卻在崖頂
大聲喊叫

喂　妳　醒　醒
　喂　妳　醒　醒
　　喂　妳　醒　醒
　　　喂　妳　醒　醒
　　　　喂　妳　醒　醒

1983夏天作品詩人首次正式發表之作，發表於《青年世紀》

有人向我索取愛情簡章

我在售貨窗口掛起「公休」的牌子後
那人才慌慌張張跑來　用手叩窗說
還賣不賣　還賣不賣

我用失了感情的聲音　僵化地吐出
一句傷人的暗器
早沒貨了　而且　聽說不再生產

啊　怎麼辦　怎麼辦我未來幸福的半生都被人買走了
我的情人仍坐在她家的陽臺上等我回去進行陌生的情節
喂　你教教我吧　拜託拜託　否則我和她就要錯過
今晚的月圓了　拜託拜託

你可以爭獰一點　我說
這個暗示太晦澀了　而且淪為暴力的幻想　他驚奇地問
要不然（我頓了頓詭異的氣氛）我把所知的條規
唸給你聽好麼（我的表情是商人般的冷漠）
好好好　謝謝謝謝

首先是誠實　不欺騙　不謊言　信任　忠於　擇善固執

再來就是為他設想　包容　諒解……
等一下　這真的是簡章的內容嗎　為什麼沒有
浪漫抒情　溫存一點的　比較瘋狂刺激的
比較驚天動地的

先生　你以為愛情簡章是小說嗎
懂得愛情的人早就買走了自己的保障

先生　這個社會幾乎要淪陷在虛假　醜惡的蠶食中了
（我道學式的說詞　使他難為情地逃開在最近的轉角）
其實，我還有留一張　預備給自己

1986 舊作

黑盒子

這條巷子在十一點以後便沉默了。
鄰居們退化為囓齒動物
蜷回被窩中咀嚼夢語

我偶爾聽見
那模糊而神祕的音頻傳入，
一種不自主的半公開言論
嚅嚅嗷嗷
似人似獸

1986.9

灰

白白白白白白白白白白
　白白白白白白白白白
白　白白白白白白白白
白白　白白白白白白白
白白白　白白白白白白
白白白白　白白白白白
白白白白白　白白白白
白白白白白白　白白白
白白白白白白白　白白
白白白白白白白白　白
白白白白白白白白白灰

陽光走到最後
卻是一點點的灰了。

他為了寫這幅景
從初戀等到失戀。
只為全部的潔白
變一點灰色的淚。

1988 初稿　2017.3.1 定稿

他媽的
——觀「星星十年展」有感馬德升的「國罵」表演

(他媽的)¹⁰⁰

譯：他媽的一百次方。哎！實在很過癮的事……

1989.3 於臺北

拼圖
——以此詩悼念 921 地震的受難者

那一夜,在客廳玩拼圖。
時間越來越晚,版圖還那麼大,
我想,等中秋節時
姊姊回家,再一起完成。

是誰在搖我?
我已經長大了,而且睡著,
是誰將我搖入更深沉的眠睡中?

我睡了很久,
天一直沒亮;
但我聽到姊姊在門外喊
「弟弟,你在那裡?」
然後我就夢見,
自己和爸爸變成兩片拼圖
躺在扭曲變形的圖框外,
沒有人將我們,
放回「家」的缺塊中。

1999.10.2

這裡美得不像地球 (註)

童年的陽光從遠方而來，
在綠色的隧道中
與我們玩捉迷藏。
綠色的山在右邊　在左邊、
有霧在前面夢遊，
什麼神祕在勾引？
陽光笑著不語，
跳到溪中洗把臉，
揚起一片金黃的燦爛。
忽然，五月的風景有
十二月欲語還羞的雪跡，
空氣中有香味在暗示謎底；
桐花竟能將春冬兩季混血？
我們正被這美景迷惑，
只聽小兒讚嘆一句：
「這裡美得不像地球！」
已將現場點化成仙境。

註：2002.4 吾兒小雨隨我們參加行政院客家文化委員會安排的「苗栗客家桐花祭」，見到滿地桐花雪地、風吹桐花飄落的美景，有感而說的一句話。此詩製成 2003 客家桐花祭寄紀念火車票、並收錄於客家桐花觀光導覽手冊。

孩子磁場

你是一把溫柔的剪刀
將我剪成母親的形狀
在有光的地方，
我是你的影子
彷彿還懷孕著你，
兩人一體。

當光消逸之時
我看見獨立的你，
而你有強烈的磁性
我黏黏地
再次將你擁抱。

2002 作品

Kid Ai-Lin Yen

You are a pair of scissors that gently

cut me into the shape of a mother,

Wherever there is light,

I am your shadow.

As if I were still pregnant with you,

we are one.

Whenever the light goes off,

I see you standing, alone and independent.

You are a strong magnet,

attracting me,

I want to embrace you tightly, once more.

아이의 자장 (磁場)　　옌아이린 (顔艾琳)

너는 따스한 가위라 ,
나를 엄마의 형상으로 오려놓으면 ,
빛이 있는 곳에서 ,
나는 너의 그림자가 되고 ,
너를 아직 뱃속에 담고 있는 것처럼 ,
두 사람이 하나가 된다 .
빛이 사라지고 나면 ,
나는 홀로 서 있는 너를 본다 ,
하지만 네게는 강렬한 자성이 있어
아주 끈끈하게
너를 다시 안는다 .

金泰成 譯

김태성 (金泰成) 은 1959 년 서울에서 출생하여 한국외국어대학교
중국어과를 졸업하고 동대학원에서 타이완문학 연구로 박사학위를
받았다 . 중국학 연구공동체인 한성문화연구소 (漢聲文化硏究所) 를
운영하면서 한국외국어대학교 중국어대학에 출강하고 있다 . 중국문
학 번역과 문학교류에 주력하여 『노신의 마지막 10 년』, 『굶주린
여자』, 『인민을 위해 복무하라』, 『목욕하는 여인들』, 『딩씨 마을
의 꿈』, 『핸드폰』, 『눈에 보이는 귀신』, 『나와 아버지』, 『사람
의 목소리는 빛보다 멀리 간다』 등 백여 권의 중국 저작물을 한국어
로 번역했다 .

註：本詩獲文化部 2014 文本跨界計畫，由「組合語言」編舞家顏鳳曦改編為 20 多分鐘之現代舞劇，已於 2015 年英國愛丁堡、韓、美公演，超過 40 多場，首演於臺灣。

一個人的酒館

這是初三。
他並不接受新月的勾引，
無法治療的寂寞，
在夜裡冷卻的血液中
沸騰，高燒……

他的血
一時都釀成了烈酒。

初稿 2003.5 定稿 2006.7.3

意想圖

木訥之僧在街口蕭立
他伸出雙手
十指化為一只鉢
化著路行者的隨緣心事

2003.5.2

打撈夢

夢境是一畦游泳地，
下水之後，
才發覺浮泳與潛沉之間
落差著一座聖母峰的高度。

而潛夢者，
往往溺斃於現實的沙灘上……

2003.5 初稿 2006.7.3 定稿

她在巴黎

一個女人抬起整座春天百貨，
三月已經 85 折了；
省下一杯露天咖啡
她悄悄兌換無效的戀情。

空氣有點冷，
那麼適合熱飲和擁抱，
但沒有人認識她。
她來自臺北，
她的愛情在巴黎，
也沒有 discount

2004.3.18 於巴黎歌劇院階梯 初稿 2005.5.19 定稿

減肥者的美德

我接受自己的無能，
就像吃飽之後
得費力面對心愛的甜點；
我面對心愛的甜點
卻又想起那不完美的身材，
「好吧，我還是要吃了它⋯⋯」

當我凝視鏡中赤裸的自己，
我接受自己。

無能是──
掙扎過後的一種美德。

2004.5.26 初稿 2005.3.30 定稿

雲之外，雨之內的冬天

今天的雲在準備流浪之前，
為何哭了？

孤單的小弟弟
撐著一支巨大的雨傘過街，
要去接安親班的妹妹。

我出來找一杯好喝的咖啡，
卻錯過蹺班的他找我偷情。

斑鳩躲在欖仁樹上，
看幼稚園中班的小孩玩抓迷藏。

這世界如此寂寞，
又如此無常，
　（剛剛一個失業的父親，
將自己很輕的肉體拍賣給死神。
四個小時之後，
那個小孩將永遠與父親玩躲貓貓。）
一些些熱鬧，

就讓無聊的人們願意活下去。

一些些占有欲，

就讓虛無的人生有了慾望的癮。

一張地圖，

就產生出軌的綺想。

但是，雲知道

它不在這些日常裡，

被定位。

它只是被描述。

（某天，小妹妹被雨欺負）

被陪襯。

（我錯過一生中最激情的外遇，那天，烏雲）

被置外。

（爸爸就躲在雲的裡面）

除了下雨之外……

（整城的詩人都在吞百憂解）

（請問，有誰在雨天讀詩？）

被開除的雲，

我要去冬天的海邊安慰它。

2004.10.12 初稿 12.28 定稿

如果卡爾維諾來金門

卡爾維諾知不知道我的小島呢？
十二月，靜止
在葷葷灰灰的海上，
小島彷彿一塊內臟，
被歷史的嘴巴嚼來嚼去，
被吐在那裡，
連大海也失去咀嚼的興趣。

比雞肋還不如。

就如此被棄於地圖之外。
卡爾維諾也許隱隱有印象，
小島曾經被佐以許多許多
比胡椒粉還嗆的砲彈；
結果沒人吃得了它，
過熟了。也太硬了。

但小島卻是我的
另一個女兒，
很美很有特色又很彆扭，

如果卡爾維諾在冬天時旅經此地
他不會是一個錯誤的過客
而會為她的怪脾性
寫一部符號學的情書
求婚。

那時所有的旅人
都會來這小島，
吃那罕有的八寶喜餅（註）、
聖誕樹一般的拔絲芋頭（註）、
如果卡爾維諾成功的話……

註：八寶喜餅、拔絲芋頭都是金門傳統的閩南美食。

2004.12.29 初稿 2005.1.1 定稿

黑情賦

你那黑瀑布的頭髮
從雪白的身體，流動到
我山水一般的身前。
而我不願
再有比你更黑的東西。
那是你給我的
無可比擬的深情……

2005.3.8 初稿 臺北市第二屆公共藝術節「大同新世界」駐地詩人 作品之一
2005.11.30 定稿

慢日子
「一事無成的平凡，也是 21 世紀人，最大的成就」
—— 2005.8.12 有感

我就是要把臺北留在臺北，
忘記我的生活方式，
將臺北 101 當作慶祝的巨大蠟燭，
插在整個臺北盆地上，
為我的離去歡呼！
飛機在宜蘭轉彎，
我將要到後山去過日子，
學學那邊原住民腔的國語：
「你住在哪裡？」
「他媽哩個ㄅㄧ（太麻里隔壁）！」
用玩笑的話語嘲諷文明。

然後，很多然後，
然後
把時間調得很慢，
可以聽一整天的海、
好好與夕陽對看，
看出禪味來，

看出什麼鳥飛過風景
成為一幅畫。

這裡的時光
是一隻透明的放大鏡，
當我慢慢過日子的時候，
什麼都看得見，
唯看不見匆匆的光陰
已經變成我的長髮。

2005.8.27-9.9 於臺東起初稿 2005.9.11 二稿 2005.10.22 定稿於三重

黑色的光

她睡著之後
仍能看見整個世界；
她緊閉的眼睛，
射出強烈的黑色之光，
把天空燒出大洞，
一些星星掉了下來
親吻她智慧的額頭。

一切在闇中變得美麗。
但光明的我們渾然不覺，
只說
她在睡夢中，
笑得很神祕。

2005.10 初稿 2005.9.11 定稿

相逢，在更遙遠之處
——給瘂弦

她已經成為呼吸
死去的已經復活
所以，不要悲傷不要哭
橋橋其實離您更近了。
更近了，
以空氣交流生跟死的狀態；
停頓的，要再開始
要繼續，您跟她的傳奇。

分開的人，
終有日相逢。
而那時候，
呼吸已變成
歷史中的一陣風。

「再神祕不過了。」
這是你們完成的童話故事，
眾人皆如此述說
此一悲傷的結局。

2005.2.4 初稿   4.7 二稿   8.2 於北海道 三稿 2005.9.26 定稿

不知時

沒有一點必要
那朵花就開了
而且人們不知她的名字
但花　還是凋落了

為了什麼必須死呢

從頭到尾
無名也無姓的時間
被一朵花占用了

我說春天時
其實已是冬初

又為什麼土地要懷孕種籽呢
白骨問的。

2006.2.3 初稿 2006.2.13　定稿

光陰之果

那蘋果太香、太美，
人們捨不得享用。

時光卻開始修正它。

一只安靜的水果，
體內聒噪，
腐壞的道理
在歌詠美麗的生命

那蘋果是一只小小的
封閉的租房，
給了時間
去閉關

2006.5.29 初稿於 日本 本棲寺 6.2 定稿

光陰之駒

時光對嬰兒非常敦厚，
允許哭泣無限延長。
但，成長駕著黑馬前來，
嬰兒在地上爬著爬著，
就變成那隻健壯的黑馬。

時光騎上了黑馬，
一起奔向生命的深夜。
蹄聲是分針、
是秒針……
父母們都老而心碎了。

2006.5.29 初稿於 日本 本棲寺 2006.6.2 定稿

野禪

所有的石頭都裸著
裸著它們無所謂的禪思

禪思無字
天地文章　自然成就

在山中野寺裡
禪，裸睡深眠

2006.5.31 初稿於 日本 本棲寺 2006.6.2 定稿

問月

如何讓花開在月球上？
如何讓我的淚
流進你的眼裡？
如何讓記憶變成種子
可能在現實中發芽？

我們之間，很遠
有山有海有陸地有人群有沙漠有五大洲
有一個地球和一個月亮，
卻只有空氣聯繫著我們；
而這是我跟你的牢籠。

比較近的是青春期。
彼時你的身影，
是此刻
我心中撕不去的
一張月曆。

我就要老了，
你怎能跟月亮如此年輕？

如何再讓我愛你一次?
或者,重新恨你也行。

而花從未在月球上開過。
你沒嘗過我心酸的眼淚。

2006.8.4-9.13 初稿 2006.9.14 二稿 9.16 定稿

即將滿足的中年

讓路找不到方向
歲月的鞋因此擱淺。

月亮在海岸
織起細緻的蕾絲花邊。
整個夜
我精心策劃
一個緩慢的長鏡頭。

此刻，一切俱足
再多一顆星子
就溢出，破局……

我的心將無法忍受
到手的戀情

這詩篇原來寫下，
不知為誰而淚。

我動情之愛戀，無望

亦無始無終
從寂寞中挖掘更大的空洞

眼看鞋櫃的每一雙，
它們，不一定被我穿到海邊
而還沒抵達我的目的，
我早已赤腳而行
走過
一次次旅行後的
虛脫。

2007.4.19 初稿 2012.7.2 二稿 2012.8.2 定稿

衣服

在骨盤右側
有一條五公分長的拉鍊，
醫生從那裡掏出
放了三十五年的盲腸。
肚子正中有一鈕扣
唯一一次從媽媽身上
解開了彼此；
她脫下我
我穿上「自己」。
我的鈕扣在十年前
也解開過一個嬰兒，
美麗無雙，被男人抱了去
視為己出。

疑？
人的一生
都穿著自己。
生的穿脫，是為了
求悟死的開解。

我這件衣服穿舊了，
天天污穢天天洗
已經不新鮮不流行了，
但我越穿越舒適。
這件衣服
誰也買不起
誰穿了也不適合。
我認真地面對
只屬於我一輩子的時尚，
終究也算
自營品牌成功。

2007.9.29 初稿 2012.6.15 二稿 7.2 定稿

微笑不見了

我們把某些不想說的話語
種在土裡，延伸為農作物。
那綠色的芽，
是一種努力要向秋天發言的舉手，
在夏天，它伸長臂膀喊了一聲
「有！」
然後我們就都笑了，
看著那些用汗水埋下的種子，
已經如此在陽光中、風中
款款細語或大聲喧嘩。

只是農穫之前，
男人先去了醫院，
他的臉被死神收割了下巴、
他的笑容被病魔摘除，
農作物還是一直對著他微笑。

沉默的妻子跟女兒開始對他說：
我們農人的手
才是讓土地可以說出豐富語言的工具，

我們的笑容其實是開在花朵之上，
我們的臉是注滿陽光的杯子。

所以，不要因失去一半的臉
就躲在一半的人生裡面。
微笑不見了，那就從土裡
再種出一朵、兩朵、三朵……
那朵朵柚子花，
都是你下半輩子
對我們說的承諾。

2007.10.1 定稿

註：拍攝過電影「翻滾吧！男孩」的年輕導演林育賢，再度以關心社會的
角度，投身拍攝討論口腔癌的紀錄片，選擇家住臺南市麻豆區，抗癌成功
的個案吳鳳源及其家屬為主角。林育賢表示，臺灣每十位口腔癌病患中，
幾乎有九個與檳榔有關；而這些切除了下巴的患者就像遺失了微笑一樣，
再也找不回以往的燦爛笑容……

二十九歲的憂鬱症

二十歲以前愛上詩並開始寫詩的，是天生的詩人；超過三十歲還無法寫出名氣的，那就承認吧：自己不是寫詩的料。

——在臺灣文化圈流傳的創作傳說

那個人每次寫完詩，
就想污染副刊
跟讀者來一次援交。

不幸地，
編輯都是環保署派來的志工，
他們把那首詩傳來看去，
給傳到了「紙張回收桶」裡；
並且很節制地回了一封伊妹兒：
「您的作品不符本刊風格，
建議轉投其他刊物。」

然而每個地方的編輯
都以同樣的審稿標準，
截阻了那詩人的傳播行為。

他本來猥褻的表情，
在經過三次轉投之後
已經軟弱，
一如被吐出來的口香糖。

他說「我知道了、明白了
過於前衛的作品，
就像脫衣舞孃
太快卸下最後的褻衣，
一，二……三！
很快就被噓下場。」
他不知道的是，
寫詩跟跳脫衣舞的技巧有關，
但跟褻衣的形式沒有關係……

但是他沒有辦法、
沒有時間掩飾他的表演欲了，
下個月他即將滿三十歲。
跨過去、或跨不過去的時間線。
詩作如果上不了副刊殿堂聖地
那他將成為——
某家八卦媒體的「保全」先生。

下個月，下個月
有個寫詩的人將滿三十歲……

2007.11.24 初稿 2007.12.18 二稿 2008.2.24 定稿

高潮（Litte die）

你是死神。在你懷裡
我把呼吸交給你
我把體溫還給你

親愛的，在夜晚
你降臨的房間
我乾乾淨淨地
又死了一次。
一點也不無邪

2007.11.24 初稿　2007.12.18

秋糧

餵食菊花的人，
隱居在瘦瘦溪流畔。
每次月亮發胖的時候，
總跳入溪裡裸泳，
那人就快樂的笑，
用笑聲把一條溪灌醉。

這樣就料理了玄學的味道，
一隻螃蟹
肥美地端上書案

淡水河堤防內的公寓，
我啃著一本古籍，
賞到了那月亮的嫵媚
嘗到了那隻蟹。

後來，我就陽臺上養桂花、
用閩式碗公盛高粱
招月亮跳水。
我若想求醉，

便將碗中月亮喝下；
那倒不是玄不玄的問題，
而是關於秋天的料理
到我手上
便有了禪的滋味了。

2007.11.24 初稿 2007.12.18 二稿 12.25 定稿

車過百齡橋
——贈林文義

公車總是直直通過百齡橋，
然後就到三重。
這原本沒啥新奇，
我帶著小兒去劍潭學打擊樂
一般的、平常的週三。

可自從 12 月 1 日之後
你開車載我回家，
你只是錯過了一個紅綠燈、
沒接上短短的 400 公尺路，
你開著車上了重陽橋、百齡橋
右轉承德路、再轉回重陽橋
左轉三信路、再左轉五華街，
繞了 10 公里，才到我家巷口
這途中我跟你
多經歷了 8 個紅綠燈，
每次秒數長達 65 秒，
於是你用了 12 分鐘
才接回那 400 公尺。

彷彿你的人生
總是左轉、又轉、倒轉、
再轉，
然後迴轉、右轉
才知道直線雖快，
可總要彎道別的路徑
來自尋迷路。

我說：「浪費了你的汽油。」
你說：「汽油就像生命中不得不消耗的情感
某些特別想吃的奢華食材
某些一定留下遺憾的戀愛
那浪費是必要之惡……」

這話便留在我心裡
成為每次經過百齡橋的背景 OS
一次次的，
我想起自己
不也多方行善或行惡
無所謂地浪費了情感

彷彿你的人生。

我們浪費過多的浪漫與正義

但也只能這樣

選擇愛上、錯過、單戀、失戀

結婚、離婚、再婚

不婚、單身，

卻都是多話的詩人。

車又經過百齡橋，

我只想對你說：

用那浪費所剩的情感

我們，寫詩吧。

註：2007 年 12 月 1 日，我跟林文義兄參加聯合報文學獎頒獎典禮（我兩都擔任評審），會後他開車送我回三重家，結果就在我家前面的重陽橋轉錯彎，一錯，便多跑了許多冤枉路。也因為這樣，我才能聽到阿義兄這番有關「浪費」的話。經過沉澱思考多時，乃成此詩。

2007.12 起稿　2008.2.1 定稿

那個叫徐志摩的男人

我讀著你未竟看完的書
我唸出你來不及說出的字
我寫出可能是你寫出的詩
我穿上你想打扮的衣飾
我去到那遙遠之境，
找尋一個
不存在的自己。

基於命運跟機會之間，
我可能是你
但你必定不會是我了；
因為你的驟逝，
所有的女人
才合理地愛上你。

而在找尋你的旅程中，
我卻找到
自己的名字。

2007.12.25 初稿　2009.1.3 二稿　2009.2.3 定稿

在珠山，有人夢到我
——贈鈞堯

夏夜，無眠的我
醒在珠山的一架秋千上。
搖搖晃晃的是月亮
靜靜襲來的是薄霧，
我彷彿在別人的記憶裡
被他想起、被他夢到
那樣地　身影模糊了。

我跟他隔著臺灣海峽，
這樣的距離有些凶險。
我如此想著，
珠山的霧
在夜梟啼叫聲中
忽然轉濃了。
一如他無聲的擁抱
正靜靜地襲來……

2007.12.31 定稿 2018.12.19 定稿

四十歲誕生

你曾耳聞自己的流言，
當然，你並不在乎愛情和緋聞的差別
這只是男主角不同而已。
你在父母的婚姻戰場上，
學會隱忍的犧牲，
卻教導追求你的男生們，
忍受一切無理的戲謔。
你傷了愛你的所有異性、
也不屑同儕少女對愛的膚淺，
你是無性的天使。
慾望以文字變成了呻吟、
迷惑在色彩展開的肉體裡，
渾噩的年輕日子，你雙眼放光
照見目的，一個人跑馬拉松鍛鍊腳程
恨那個早早成名的跑者也叫 Ai-Lin。
你跑贏大部分的比賽，卻輸掉友誼
那得來的獎牌是孤獨的金牌、
森冷的銀牌、無用的銅牌，
壓得你將歡樂兌成痛苦
自囚在高緯度的禁地。

平凡才是你遁逃的洞穴。
別人那麼容易得來的藏身之所，
你得用雙手挖出來，
挖出一個可以埋身的墓；
把文字的骨頭、色彩的血肉，
像苦僧還願那樣
從自己身上剃淨「有形」，
歸於最初的「無生」。
但別人仍舊諷刺你，只因
你經歷太早發生的悲劇；
而悲劇是詩人的荊棘冠冕，
你戴著發出微微光芒的皇冠，
醜陋得無比尊嚴，卻
被他人慎重地視為公主。
你把自己的哭與傷痛
轉述成不干己事的笑話，並博得好評：
「輔導級」女優、自導自演的最佳人選。
經過這些，你似乎成長了。
原來早熟就是晚熟，
你領悟到人生給你的謎團。
那一刻，世界
開始跟你談不同的話題，
不再是詩、不再是藝術、

不再是愛、不再是其他

有關美麗或者幸福的奧祕,

你清楚聆聽:

整個天空跟大地都開口

說,「孩子,你將只剩自己的手腳,

把過去用痛苦織就的裹屍布

層層包覆,葬於四十歲生日的午夜吧!

你那時出生,就那時死去一次。

我允你在空無中　再誕生。」

我自床上爬身而起,

看見兩手兩腳俱在。

摸了一下心臟,原來你已真的死去,

而我,四十歲足矣。歸零。

2008.8.21 初稿 11.17 定稿 2018.12.19 修訂

夢作2則

◎顏艾琳

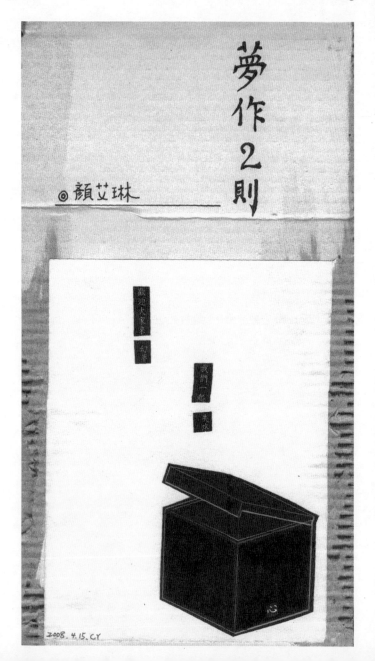

2008. 4. 15. CY

人生降落
——記於數天內搭飛機、高鐵多趟有感

催眠。飄浮。
你安然而睡,
夢見整個動盪
且曲折的人生,
已臨終點。

你喊出夢話的一刻,
還不知驚醒時
有無魔術師惡意地,
在你身下豎著一根巨大的針;
或一如在子宮著床時
柔軟的草地……

此刻還在睡夢中的你,
已知凶險
卻期待安全的降落。
你還能笑著,
在緊閉的眼中,
泛出安慰的淚光。

2008.4.26 往高雄的高鐵上 初稿   2008.6.19 二稿 6.30 定稿

阿鼻讀劇周

最後賦格的星期一

貝克特 聯合金大班

叫喚一夜

動物園的回憶

呈現

數則幻夢的短劇

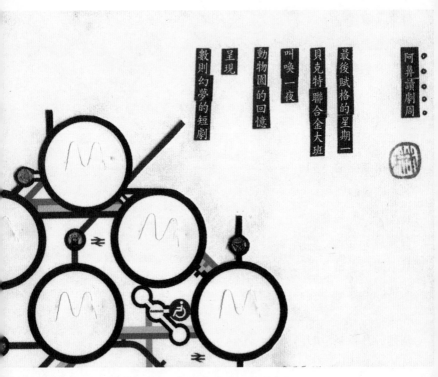

雌性的大海

海岸原來無崖，
波浪亦來來去去
皈依佛性，
甚無時間感
只一意慢慢咀嚼土地的味道。

平凡一刻
無邊無際

而她來，用一雙眼睛
收攏這一切。
她在海邊站成一座危崖
平靜的海水開始猙獰。

從她瞳孔掉出一個透明的句點
。
落下
。

。

已躲在海裡的太陽

都被這滴眼淚

沸騰了

2008.5.7 初稿　2008.6.19 定稿
2015 深圳音樂人 惠雷譜曲演唱

上海嘔吐

會議上，我已發言完畢
但交流往往在之後開始，
所以，才有一種
壓抑不住的情緒自行發酵，
彷彿邪靈附身。

它，或者它們
逐漸失去了
在公開會議上傾聽的禮貌。
然後，它以極強的力量
壓下我的背脊，
使我向同濟大學
乾淨的草地，深深一鞠躬……

我嘔吐了，不，是它說：
一團不清不楚的晚餐上，來不及消化的結構
一塊臺灣帶來的消炎喉糖
一坨黏呼呼未成形的鄉愁
一些水土不服的宿醉
一串等不及組織好的語言

一攤說不出啥味道的唾液……
夠了,
這些從我體內生出的怪物,
真讓我糗大了。

第一次到同濟大學
就這麼言不及義;
只剩發洩後的痛快?
還是酒醒前的嘔吐?

我頭疼時說了什麼?
唯一知道的是,
上海,同濟校園
有我嘔吐的「有機施肥」。
來年,我一定回來看看
那兒長出了啥樣的花花草草
或一片意義的蔓蕪

註:2008 年 5 月 24 日,我與詩人白靈、羅任玲到上海同濟大學進行演講、
朗誦交流。我因旅途勞頓、加上當地炎熱而中暑,身體不適強忍到會議結
束,才衝到同濟大學一片草地上嘔吐。這一吐,可把當地詩人、學者、學
生們嚇到了。事後,我笑著對他們說:「這是我難以言喻的另類交流呀!」

2008.6.18 初稿 2008.8.30 二稿 2009.2.10 定稿

七月流火
——記 2008 年一個女子的鬼月

一切發生在七月的事
都比正午的太陽
還更灼燒我。

身體內的水分，
以汗　以經血　以淚
離開我。
而我無法儲存
痛苦。失眠的夜
我的眼睛像破底的碗
任這些液體和時間
流逝。

七月，誰離開了我？
又靠我很近，那人說：
「這是我不知如何愛妳之故，
請原諒我愛上別人。」
聽完他的告白，
我將自己變成一支掃把

開始在屋子裡
揮揮、掃掃
從角落裡掃出
舊往時光的碎片。
我又把手化為兩片抹布
擦著水晶桌面、玻璃櫃子
主臥室的梳妝臺、盥洗室的鏡子
結婚照、孩子誕生後的生活照，
這些，那些都髒了……
我一擰，手裡流出來的
卻是鹹鹹的淚水。

凡是液體的，
終將從我體內
流離出去。

七月，啊，多麼熱的七月
我身體乾涸掏空
清淨得一如木乃伊
那人回家時，
是否會見到活著的我
實則已是悽悽的鬼魅？

2008.7.23 初稿　8.13 二稿 8.15 定稿 2018.12.19 修訂

女兒
——給我不敢出世的女兒，及全天下的女兒

女兒有雙敏感的大眼睛，
像昂貴無比的冰淇淋，
任她融成水水糊糊的，
感覺可口萬分，卻沒人敢咬一口。
不，女兒的臉才是最營養的。
有軟甜的肉、和一點起司奶味
舔多久都不嫌膩。

女兒總以半溶化的眼神，
向爸爸或老天爺，
默默祈禱一個不可能的禮物：
「給我一個真正的爸爸！」
不管她的爸爸是貝克漢、比爾蓋茲、
還是巴菲特、郭臺銘、或劉德華，
誰誰誰的財富　誰誰誰的權勢
誰誰誰的俊俏　都不是
女兒心中想要的。

爸爸總自以為做了很多，

甚至超過女兒的想像，
直到祕密被揭發
那可憐的女兒卻承受不住，
「你們不要太超過了！」
她對追問不停的外人大喊，
其實是喊給爸爸聽的。

你聽到了嗎？爸爸，
女兒要的禮物從來很簡單。
不必花大錢買珠寶、豪宅
只要你像個真正的爸爸，
那樣愛著平凡的女兒
把她的手牽給下一位
可愛的男人作為她心中設想的
爸爸之手，Clean-handed
如此清白、敦厚而溫柔，
女兒那身白紗禮服
就是祭獻而失去──
失去　生她的爸爸，
祭獻給　不知幸福還是痛苦的婚配。

「爸爸、爸爸、爸爸……怕怕。」
女兒如此害怕這個新的爸爸。

她沒有獲得爸爸真正的承諾，
只好小心翼翼地接受新的謊言。
「我會一輩子愛妳。」
女兒的眼睛溶得更快了，
連眼前這男人都看不清。

爸爸說再見，
就是這樣了，沒什麼好期待。
一輩子的女兒可憐沒人愛。
這個爸爸，那個爸爸
都是狐狸跟野狼變的。
女兒很清楚　爸爸是什麼動物，
可能愛她騙她害她打她棄她毀她。
「我愛妳」是欺騙
「我寵妳」是傷害
「我保護妳」是暴力
「我養妳」是離棄。
爸爸對女兒說，
我給妳那麼多的保證，
妳不要怕，來
執子之手，白頭偕老。
公主青蛙，永遠幸福快樂。

爸爸說的是騙小孩的童話，
爸爸說的故事永遠悲劇收場。
女兒不想遺傳媽媽的宿命，
她回頭，終於看了媽媽的臉，
那一雙永遠黏糊糊
冰淇淋的眼睛已完全溶化，
媽媽張嘴自己舔吃著，
女兒竟也開始吃起自己的臉。

爸爸，你敢不敢舔一口？

2008.10.1 初稿 10.7 二稿 10.9 定稿 2018.12.19 修訂

林園・四季劇場

春泥護著盤纏錯落的根莖
蚯蚓蜷居在軟土裡
青蛙在水畔做隱士
偶爾呱呱幾聲，喚來了夏日。

蜥蜴不知在樹影下想什麼，
被遊客驚遇了，
彼此退到暖暖的初秋午后。
看一眼怔忡，
日光偏移了窗影，
兩三隻綠頭鴨搖搖擺擺，
走過了一個季節，
卻留下來
陪著被關的孔雀。

「我才是這裡
最無奈的美麗與哀愁。」
孔雀嘎嘎抗議，
牠必須扮演的角色；
微涼的寒意

使牠抖落一根
失去光澤的羽毛。

而更深的意涵
紛紛被催落，
貪吃的錦鯉吞下又吐出，
因為
那是四季跟此地告別的滋味……

2008.10.15 初稿 11.5 定稿

畫夢

樹，投影在池裡
幻想自己是達利畫出來的
變形的女人。

沉默的錦鯉　不予置評，
牠每天都看見——
垂柳學水仙自憐自愛、
花朵扮裝美人、
畫眉引吭花腔……
許多幻夢　即生即滅。

許多真假
只有「時間」這雙眼睛，
能夠看到最後。
連錦鯉的沉默
都隨著黑夜　被吞沒

在林園，「時間」
才能見著紅塵最後的容顏；

樹是樹　不是水
水是水　不是魚
魚是魚　不是落葉
落葉是嘆息　嘆息是夢
夢是時間的一秒　而已

誰在這裡作夢？
風吹著樹，
把它搖入水池的瞳孔裡；
而我站在對面，
看見這一切
如真之夢。

2008.10.15. 初稿 11.12 定稿

訊息

如果你能在吵嘈之中，
聽見我微弱的呼喊，
當你耳聞「我愛你」
你就拼命追索；
而你又聽「我恨你」
便往後退卻，
那麼，
你就是對我
不夠靜心聆聽。

愛是生命的前戲，
恨則是對愛的敬意。

如果你不了解這訊息，
如果，
你仍在吵嘈之中
聽聞我細弱難辨的聲息，
請你　止步
不必再循聲問人了。

2008.10.16 初稿 10.22 定稿

2000 號窗景

是哪個神奇的畫家，
用白雲塗抹天空，
一層白　一層藍，
底下是厚重筆觸的山勢，
點綴幾處喧鬧的粉紅花語。

你不用開窗，
流動的 2000 號巨畫
顯現每個當下的真色彩，
訴說著無聲之聲的奧義。

你是賞畫的人
也是聆聽宇宙的禪子。
就在這裡這一刻，
你是活在 2000 號畫中
名為「大無限」的活肖像。

你在真實裡，
真實在畫裡，
畫在你眼裡，

眼就在心裡，

這幅巨畫

是你的生之曼陀羅。

2008.11.27 初稿　12.26 二稿 2009.2.15 定稿

建築法

妳用笑容打開我的夜晚

你用肩膀圍起了一個世界

妳流動的髮香是枕頭上的安眠曲

你的體溫是治療我失眠的特效藥

妳的溫柔是我回家的鑰匙

你呵護我脆弱的堅強

妳懂我不為人知的倔強

你是骨架

妳是血肉

「我們建築了自己。」

「一半和一半，是一個愛情。」

相遇之前，沒有藍圖。

2008.11.27 起稿　2014.7.3 定稿

長的扁的和寬的

世界是什麼樣子？
長的扁的和寬的。

長的是腳所走過的路，
測量它經過的山坡小徑、
夏日油融融的瀝青道路、
寬敞的草原大地毯。

長的是河流
流過一整個冬天之後，
來到腳踝，碰觸春天跟夏天，
秋天時候旅行到扁扁的海口
走進寬長的一色天線，
最後成為你眼裡的風景。

風景裡有一長長的我的身影，
站在寬寬的天空下
被你摺得扁扁的，
放入心的口袋。

你是什麼樣子？
一襲青衫在風裡
站成一撇中國的潑墨，
既大膽強烈又抽象不明，
像一幅扁扁的
掛在牆上的山水。

你長長的手臂伸出來，
一個寬寬的十字架意象
把背後風景變得更瘦，
兜攏全世界的線條，
長的扁的和寬的
隨你在此揮灑成畫。

2008.12.22 初稿 2009.2.15 定稿

窗外有河流過

一條河攔懸於窗外，
月光是它的水文，
記憶是它的去向。
那些浮出的悲歡，
在有情人的沉默與包容，
隱隱沒入心中的出海口。

彷彿消失了。
記憶抵達了生命的遠方，
那麼
窗外還剩下什麼？

應當還有一個人
安靜地陪你在陽臺，
於是窗內就化為渡口，
讓你靠岸
讓他靠岸
以及恩怨、傷痛、愛或不愛，
在這樣的夜晚。

一座陽臺
月亮在天俯瞰著你或你們
河，復又流動，
渡口過了一個再一個。
也許等哪天，
你或你們的時光不再於此，
那月光與記憶的溫度
也會隨著月河
在你們留駐的每一處
灌溉出新的故事。

2009.3.6 定稿

浴佛節有淚

這世間一切苦難，
並非為人的修行而準備；
而是人為了修行
所後設出來的地獄。

悉達多，如果祢跟我一樣看完報紙
天下新聞沒有新鮮事，只不過
H1N1 流感的進化越來越跳躍，
兩腳雞四腳豬跟人，最後
所有物種是否會一起
在末日的營火堆跳死亡的舞？
還有那脆弱的女嬰「西瓜皮」
被自己酒醉的父親下鍋、煮熟一半
那燒灼的身軀在死後化作輕煙，
在天空上淡淡喊了一聲，
還來不及學會的
「爸爸，我疼。」

以及恐怖分子又在愛爾蘭
中東、印度、東歐、紐約、倫敦、尼斯……

用炸彈來練習投曲線球，

或是對準別人的門窗　投三分線。

打點，得分，

這男人之間的遊戲，

他們有堅持信仰的狂熱。

但是　悉達多，

對於悟道正覺或一碗粥的滋味

他們交給北韓跟非洲人去體驗。

祢當初一手指天一手指地，

說：「天上天下，唯我獨尊。」

那時，所有的母親就學會了擔憂：

該成為女兒的　擔心被家暴、

該成為妻子的　更有一堆煩惱。

釋迦牟尼，眾人的佛

如果我持祢聖名

「唵　牟尼　牟尼　瑪哈牟尼耶　梭哈」

在祢誕生的這天，

以身為母親的淚

為祢浴潔還是悉達多嬰孩的模樣，

請祢，與我應心止泣

為這焚燒的人世，

澆熄一絲絲

哪怕只是一絲絲

人類點火自燃的苦難……

註：1999年，由星雲大師發起，佛教界大德支持，向政府申請立法，將「佛誕節」訂為「國定假日」。此議經立法院通過，並由當時的總統李登輝先生親臨佛光山，宣布農曆四月初八佛誕節為國定假日，並與母親節同步放假，為佛教東傳中國兩千多年來，首度國定佛誕節。

2009.5.5 定稿 2018.12.19 修訂

追尋

為什麼方的要找圓形？
你不知道自己會破壞某種結構嗎？

為什麼大的那一方
要融合其他小的物件？
他們不能各自獨立而美麗嗎？

為什麼要追求另一半
之外
還要另一半？
誰是完整的自己？
誰又該併吞別人，
來拼湊自己的缺憾？

方的追尋圓的、
溫柔追尋堅強，
你要知道，這就是一種折磨。
喔，缺憾是一種無法滿足的病徵
你只能是你的病而已，
別追尋我的圓滿來作為你醫療的藥方；

圓形是我的月亮病
不是你要的規矩。

2009.7.17

對弈

你涉過了我的楚河
我走進你的漢界
終於面對面,
但誰能喊「將軍」?

我不忍挫你銳氣、
你且不能移動我半步,
僵持是因為尊敬,
彼此損人傷己。
無數次渴望殺到敵手面前
只為證明:
愛是無遠弗屆的飛彈
情乃祕密圍城的游擊

你看著我,
一如照鏡審視自己的傷口。
我瞪著你,
好像自己才是這場戰役的兇手;
而我們都是輸掉愛情的卒仔,
為了贏得最後一步,

在彌留之際問彼此
「你願意嗎?」
「我願意!」
同時將你的左手
我的右手握成一枚手榴彈
用力拉開,爆炸

2009.9.9 初稿 2014.7.3 定稿

上半生
——記〈黑暗溫泉〉完成二十年

當他帶來年輕的體溫
與疲倦的愛情時，
我化作黑暗溫泉，
將彼此洗滌成沒有祕密的人。

多年後，從我身體
分出一個骨肉的地方，
也形成他溢逃的缺口。
他留下或走
都有深淺不明的滯痕；
而我的胸乳
成長為母性的山脈，
在分泌完乳汁後，繼之以淚
灌溉新積成的沙洲。

二十年的進化，
我變得比我想像中堅強，
卻比他心中的脆弱還渺小。
我的半生風景

忽忽退到二十一歲的大後方，
他用四十二歲的長鏡頭找尋，
遠望清晰　如在眼前；
近看欲擁　已在彼岸。

2009.11.25 初稿 11.26 二稿 12.25 定稿

你一直忘記我

我知道你的遺忘，
因為你的視窗有斜倚的桃花
切割我投擲過去的月光。

你握我的手，怯怯
像犯錯的小孩在求饒。

我折斷桃枝，
早開的花易早謝。

伸手如缽，
向你化一個情緣；
你是施主、你是
我此生的過忘客？

見我如新，
你訥訥詢我「敢問芳名？」
啊！多情是施主
一直忘記身邊布施的人，
「我是你的禪心。」

你湊近我，捧我的臉
卻見滿滿冰霜。
所有曾經為你盛開的花朵
皆殞落鬼火磷磷。

你遺忘的我，
兀自脫胎換骨；
更老
也更新。
剛剛化緣的手，
指尖冒出了一枚
一枚花苞。
又，一枚
。
花苞

。

2010.1.28 初稿 1.29 定稿

診斷書

問

「等待是什麼滋味？」

「你怕死亡嗎？」

「孤獨怎樣呈現它的狀態？」

「眼淚的定義？」

「你認為自己非常人？」

答

「等著搖搖晃晃的布丁

化成發霉的毒汁，叫等待。」

「死亡不是用來害怕的，

而是一生的果實　落下。」

「以愛快遞給那人

那人卻說，收到的是傷心。」

「笑著的臉，一秒中崩潰。」

「我認為以上是正常的，

在在平凡的憂鬱症。」

2010.3.24 於蘇黎世機場 初稿 巴黎「里昂 TGV 車站」二稿 2010.3.27 尼斯
往巴黎 TGV 車上 三稿 7.11 三重 定稿

麥，Beer Song

田間的麥喲，
你在陽光的愛撫下成熟了。
你將自己高姚的身體，
隨風的節奏跳曼波
那時，我們就高興了

我們以火洗禮，愛情的麥喲
之後你在時間裡
靜靜瑜珈打坐
把日光、雨的情淚、
風的歌聲、夜的垂眸，
化成神奇的金黃汁液
那時，我們就歡唱了

「麥呀麥呀，My Beer So Dear」
我的一杯啤酒
把快樂澆灌得更 Song，
我再來再來一杯 Beer
放出所有情緒的風箏
我體內便是無憂無愁的天空。

喔，麥 God ！

My Beer

此時我們在一起

相濡以沫、結結巴巴

I Love U My Beer No

No

No No Yes My Beer

My Dear

2010.5.25 -2010.6 2017.5 修訂版

自命
——觀「我在這裡」楊柏林 2010 臺北當代館個展有感

馴服過金屬，
鞭打過高溫的火，
你鑄過佛像與山門、
雕過愛情與親情的樣子、
玩弄過政治的嘴臉……
這些主題都是糾纏的。
而你沒有綑綁自己的念頭
不願作繭自縛
你修煉成哭笑不得的那人

在創作裡的道德，
揭示各自的妄念。
但我反而馴化了自己。
我一一點唱了世間萬物
喚醒他們內在的本質；
多年後才知道，
我吐出的是一種咒語，
越簡單也越迷惑、
更接近黑暗的核心。

原本不打算人間修煉的，我
一直在父母跟自己的故事中
帶髮修行……

你自命不凡，
向世界大喊「我在這裡」；
而我認為文學超凡入世，
因此催眠自己「我不在這裡」；
到底存在主義仍是個命題，
你在而我不在，
誰是誰的鏡子，
誰又呼吸著誰的氣息，
彼此都不自覺？

我在時，你恰好完成作品
轉身。你不知我來了
來看過你了。
我呼吸著你剛剛的呼吸，
我的肺燒灼，
眼睛滾燙出水，
誰的作品對誰說出什麼？
誰的情緒安慰了誰？

在相遇之前，
也許我們只能是
存在主義的信徒。
當我想起你的時候，
你務必自虛無之處回答：
「是的，我在這裡。」
我也就在了。

2010.6.30 初稿 2012.9.17 定稿

黑色的慾望

我胸前掛著一顆黑曜石的墜子
宛如內心擠壓出來的慾望
以巨大的淚水形狀
帶出了財富、愛情、名利種種渴望

我的稿費　是黑夜裡挖出來的
我的想念　寄託在風中的烏雲
我的成名　最好不為人知地
暗暗進行……

我說　要擦亮一個燦爛的名字
難道不是從黑色的慾望
開始這場賭注的輸贏？

這一切都可以消隱的，
如果什麼都有了
或什麼都失去時
我內裡仍將有光芒
黯黯反射

而黑墜子的項鍊

是我慾望的枷鎖；

當我走路搖晃時

它輕輕撞擊我的心臟，

提醒我

人生

是以眼淚換來的

2010.9.9 上午一稿 晚上二稿 9.13 三稿 9.18 定稿

失眠的孩子

媽媽，今天就是晚上嗎？

為何一睜眼，

早晨、中午、下午都不見了？

太陽沒上班

跑去哪裡玩了？

為啥白天這麼短，

晚上又那麼漫長？

但是我不睡了，

我要看消失的太陽，

從媽媽的眼裡

亮出來⋯⋯

孩子，現在是早上七點

太陽沒有跟你一起起床，

他壞掉了，

再也沒有骨頭

撐起天空。

我們都說太陽老了，

得了白內障，

紅色的瞳仁已經眼翳重重。

媽媽很想做你的太陽，

但是，孩子，

萬一我眼裡也只剩下霧呢？

想到霧茫茫，

媽媽也失眠了。

2010.10.2 北京 初稿 2017.1.21 二稿 2017.3.2 定稿

有關愛

花是春天的臉
海洋是夏天的語言
雲是秋天的手
雪是冬天的衣裳
而你，
是我的四季。

你遞給我盛開的花，
今已枯萎成老婦的手指
摑著黑暗牆壁的一角
要把自己塞進去；
夏天海浪的諾言，
一次一次翻新，說給別人聽
而我已到了他岸
洗濯一雙疲憊的腳；
雲重新堆起，
淚雨不再輕易落下
秋天時我開始寫詩
換一副心肺練習深呼吸；
你曾送我一件過冬的大衣，

卻從未帶我尋雪。

那麼，我揑碎春花
濡出波浪般的語言　那麼，
將我們的記憶化為一個溼吻
印在你的脣上　那麼，
代替道別的雲手。那麼……

我獨自出發了……
親愛的四季，
那場遲來的冬季……
是我要置身其中的雪景……
只留下走過的虛線……
　　……………………………　……
　　……　…………　…………　…

首段原為一小詩 2003.5 初稿 2006.7.3 定稿
之後詩句 2010.11.8 續寫 2011.1.13 定版

上下皆非

我反對一切有意思的意象。

我不反對降龍十八掌,但我不會。

我對加州不予置評,我只哼那首歌。

我不吃不辣的東西,包括吻。

我不聽流行歌曲,可例外了卡卡。

我不想寫爛詩,但污名肯定是有的。

以上,如果全部推翻

以下,就皆非了;

我不是顏艾琳。

2011.3.10 初稿於 226 公車上 3.11 定稿 2018.12.20 修訂

路二首

海上的路，你走來

夕陽帶著你的身影
渡海而來，
偏偏是一片火海
以浪花的溫柔破碎，
迎向我

前路

樹林
把來時路
夾得緊緊的，
終點隱沒在遠方，
還是我？
看不見還有誰
步上了後塵。
夕陽從宇宙的另一端
暴怒趕來，
將我的前半生
吞噬。

2011.3.23、3.26 初稿 2017.3.2 定稿

私釀

他說我是倔強的青梅，
這麼多年過了，
還在枝頭尋找落點？

我只是早熟過了，
卻不知如何人生降落。

於是他採收這半生不熟，
置我於祕密的甕裡，
用甜的寂寞
想念的鹽分
陌生的溫柔
調和、覆蓋、發酵，
治我難馴的青澀。

長時間，他催眠我
我入夢時，他亦入夢。
在一幕幕的情節中，
他睜著眼帶我夢遊：
「1，2，3，時間開始跑了，

你是醒著　4，5，6
陪我作夢的
一顆青梅，7，
在我之內，8，會釀出甜味，
9，10，　13，」14，15
16，…19，202122，　282930…，
3637383940，41，42，43…
我青澀的外表，初老了。
有幾個傷疤宛如胎記，
但願能和膚色
一起皺黑……

而他給我的時間
短如午寐，
因此我的睡眠裡
總有陽光窺看我的熟成。
偶爾我也睜開眼，
看到卻是他的臉
在夢境中，一張全新的
世界的臉是他的瞳孔，
映著一粒青梅。

這樣藏著光的黑甕

神祕的白日夢裡 ，
他一心釀我。
不知何時會讓青梅
釀作醉人的甜酒？

2011.6.22-25 初稿 6.26 二稿 6.30 三稿 7.4 定稿

給英格麗的風中詩
——致南非女詩人英格麗·瓊蔻（Ingrid Jonker）

The Lord shook his fist and

the dice fell horribly wrong on us.

上帝擊出祂的拳頭，

命運的骰子在我們之中亂轉。（顏艾琳譯）

這夏天，這午後

像南非的海邊。

我們都有白洋裝

都只在純潔無憂的日子裡穿。

女詩人好像皆固執，

是因為父親們用負面教材

把英格麗跟艾琳，

教育成反對殖民跟父權的子女？

對於政治或愛情

英格麗說：

The Lord shook his fist and

the dice fell horribly wrong on us.
我附議，包括濫交。
白色和黑色的濫交、
老鷹和鴿子的濫交、
槍砲和玫瑰的濫交、
歐洲和非洲和亞洲的濫交、
你的我的他的濫交……
濫交是愛世界的激烈手段。

我則認為：這個世界的正常
只是瘋子在睡醒前，
所吐出的夢話。

喔，英格麗你的父親，
審得了全南非的文字
卻禁不了你的詩。

就這樣，
在來不及的黎明之前，
煙與黃土
你留下了餘燼，
你種植了一些堅硬的樹籽，
然後　轉身尋找大海。

只有這樣的惡水

才能澆滅你一生的火氣

1994 年，煙幕中走出了曼德拉

而黃土之上，黑蝶漫舞

有一隻飛至島國的夏天……

註：《煙與黃土》是英格麗獲得文壇新銳獎的詩集。英格麗是南非知名女
詩人，童年坎坷悲慘，寫詩創作卻具驚人才華。由於丈夫任職南非舊政府，
兩人對種族隔離看法分歧導致婚姻破裂，而父親又掌管南非出版言論的編
審大權，父女對創作、政治的意識形態極端分裂，故撕裂他們的親情。加
上幾段不能結果的愛情，抑鬱的她於 32 歲投海自盡，留下 7 歲女兒及諸多
感人作品，其中最負盛名的即為詩集《黑蝶漫舞》。
1994 年，南非總統曼德拉自監獄獲釋，在就職典禮上朗誦了她的一首詩，
使英格麗瓊蔻在身後 30 年才受到世人關注。2004 年，當時南非總統姆貝
基（Thabo Mbeki）更頒獎表彰她對文學和人權的傑出貢獻。

2011.7.21 初稿 7.22 二稿 7.25 定稿

七天中禪三
——澳門四日，返臺三日

該入定的日子，

七天。

第一天我在殖民過的賭場之地

不下籌碼，只微笑看著

把賭博當作表演的人，

輸掉一些結局。

我是資深的賭徒，

疲於瀟灑地

假裝不在乎。

第二天詩人們在高空用餐，

俯瞰半島的小小人間。

自助餐的盤子裡，

港式炒麵、日本握壽司、泰國酸辣、印度咖哩、

東北烙餅、北京烤鴨、臺灣滷肉飯、歐式冷湯……

我在旋轉的觀景餐廳，

以神祇的味蕾

品嘗各地人類的性格。

第三天颱風離我

還有幾百公里的安全距離。

我是另一個颱風,

友人領我去恬靜的老社區

喝咖啡、配安德魯葡塔

看小教堂、美女巷、十月初五巷、

觀音廟、國民巷、跑馬廣場巷……

我感知

內心與肉體騷動

已經捲起另一個暴風眼。

「藤原效應」自海上來

會合,已然動心的我。

第四天凌晨

颱風至半島,大潮。

無人知曉的心事

於我的女岸

逐漸洶湧。

陸地與海洋與女人

此時皆不平靜,

我擱置在二十四小時的天空下。

從彼岸跨到第五日,

再不能回到從前的此岸。
悔恨從體內一點
一滴的排除……
我感覺自身
一天比一天的潔淨。

再一日，我去聽周雲蓬唱歌。
他用歌牽出林昭的魂，
還有林媽媽的瘋影；
這些，讓我的修煉
完全崩潰。

最後的那天
從澳門來的颱風變溫柔了
我們相遇寶藏巖；
詩引子、
溫羅汀、
參訪出版社、
一代佳人、
簡白、高粱、啤酒、
學生們說，
「老師，你急行軍走路呀！」
只有我知道，

這是第七天

我打禪三於混亂中，

急於解脫……

註：此詩記載 2011.9/26 — 10/2，我在澳門交流跟返臺的七日中，生理期
對應那一週所發生的事情、以及感知到的情緒。

2011.10-11.9 二稿 2018.12.20 修訂

越過

陽明山越過了臺北市，
將它的側臉投影在淡水河。
左岸的風景，一半
在對岸，

這全部的山水是美麗的。
如果我忽略
堤防上被煙炮燒灼出的刺青、
被惡意擲破的各式酒瓶，
飽足後遺下的烤肉具，
安那其式的塗鴉噴漆，
青少年發洩的色情文字……
那些粗俗、原始、不安、
喪德的青春交媾著
失控的暴力
通通躲在風景的邊緣。

我從家門出走，並
越過風景
連著未知的

風景……
越過安全的道路,
直到我發現
一處溫暖的黑暗。

啊,
角落多麼安全,
我走進它裡面。
原來
一半
是你。

2011.10.20 初稿　2012.4.19 定稿

在賈梅士公園想他

一個被家國流放的詩人
在這裡有專屬的傳奇，
以他為名的公園
賈梅士；一窩白鴿巢。

不知是白鴿銜來緣分，
還是談戀愛需要白色的信差；
濠江口的異國戀人，
你們用鴿子的腹語術傳情嗎？
「Cucurrucucu... paloma,
Cucurrucucu... no llores ,
Las piedras jamas, paloma
Ique van a saber de amores！」
賈梅士，你對東方情人
以葡語説的耳邊細語
會不會就是這首
20 世紀傳唱的情歌？

「Cucurrucucu... cucurrucucu...
Cucurrucucu... paloma, ya no llores」

我心中哼起這首歌，
覺得自己就是被流放的人
對著一個石肖像的戀人
停止了哭泣。

但，絕非如此，
有一個人，他不肯說出來的話
將他放逐在
比我處於愛情邊緣更遠之境；
比我在賈梅士公園
想起他更飄邈。

我想對他說：□□□，
卻變成「Cucurrucucu.」
他是我的賈梅士肖像。
我是他肩頭上的白鴿。
我們都切勿再沉默了，
哀傷的歌，
不該為我們而唱。

註:9月底,至澳門參加「中西詩歌創刊十周年」會議,某日安排詩人們到白鴿巢公園參觀。大家在賈梅士寫下「葡國魂」的石洞跟肖像前,聽當地詩人講賈梅士的傳奇與愛情故事。引發我寫這首詩的靈感。有關賈梅士與白鴿巢公園,可上網查詢。詩中引用阿莫多瓦(Pedro Almodovar)電影「悄悄告訴她」(Talk To Her)主題曲「鴿子歌」部分歌詞,為巴西歌手蓋塔諾‧維洛索(Caetano Veloso)所唱。大意為:「咕咕咕嚕咕……鴿子啊,別哭啊,石頭不懂得愛情。咕咕咕嚕咕……鴿子啊,你別再為她哭了。」

2011.10.26 二稿 初稿於澳門 2011.10.30 定稿

秋天的女兒

秋天的女兒有了悟後的美麗。
她已萌發過愛,在春天時;
夏天的海浪教會她
知曉快樂和悲傷一來一往;
她不僅孕育種子,
也收穫自己,
即將豐饒嬌縱的滄桑。

一發不可收拾。
汗水、淚珠、經血
除了灌溉自己,還澆薄了誰?

這一刻,她在銅鑼
面對十一月垂垂鞠躬的稻穗,
秋雨洗過的天空,
她再次感到天地父母的包容;
有些不為人知的故事
將隨著稻穀被收割,
被收藏。
也許永不曝光。

秋天不允許春天播種的，
變成另一個秋天。

此時，秋天的女兒在銅鑼
一切都美得恰如其分；
她們的結果，各自
在風中，被輕撫
但不急著落地，
等自行荼蘼後的腐壞
或辛勤栽種者來取摘。

女兒已經是母親，
她了悟的悲歡仍像
天空一樣澈藍。
她收斂在眼眶的淚水，
是草尖上最晶瑩的露珠。
她突然發現：
一片天和一畝地
就是她的童貞和母性，
在銅鑼不分次第的圓寂了。

2011.11.13 初稿 .11.24 二稿　寫於銅鑼

雙目

有那麼一刻
你的眼睛是我的。
你看見我拼好
破碎後的完整，
並發現無數的隙縫。
隙縫裡
都躲著一個壞掉的小孩。

這個叫 Tom
只愛大他五歲以上的女人
和小他十歲以下的男人；

這個是 Lisa，九歲
幫住院的媽媽送東西時
在電梯中
被堆著病床的志工
抵在冰冷的牆壁上強吻
從此患潔癖，並不長大。

那個戴眼鏡的痘痘少年

CC，有「私生子自卑父權狂妄症」
讀書聰明，人生不及格。
質疑女性為何不愛他
是因為世界終將要末日
而他的基因太強，有毒

還有一隻人性化的母螳螂
兇狠狂野，卻暗戀
黑魔王一般的 CC。
她害羞地存著一個夢想：
要吃掉喜歡的人。
但她體型實在太小了
她是我雌性草原上
最畸戀的生物。

我還豢養過一隻
真正的赤兔馬、跟
蜷成一窩的蟒蛇，
和神經質的單眼白兔。
有時候
牠們感到飢餓
就吞吃了我。而
我在跳個不停的兔子胃裡睡眠、

我打禪在冷體溫的蛇腹中、
我在失速的馬肚子裡
邊哭邊笑還嘔不出我的人生,
我變成牠們的
寵物。

Tom 和 Lisa 和 CC
赤兔馬和蟒蛇和白兔
都分裂我、也拼成了我。
這無人知曉的祕密樂園,
只會在另一個有複眼的人
邀你進入。
你的眼睛是我的,
我可以變成你的,
我們疊著
我們變身
我們一起看
我體內的舞臺劇。

2011.12.22 初稿　2012.2.3 二稿 5.17 三稿 6.14 定稿

聽海子的媽媽朗誦

祖國是虛幻的
所以　你夢見奔馬
而牠在六月的廣場上
瘋狂了
踐踏那些不了解你的詩的學生

這一刻上臺的老媽媽
是你的女兒
你是她天上不老的兒子

她唸著那首年青的詩給我
給今晚所有的人聽
老媽媽　她的聲音沒有顫抖
偶有遲鈍。
海子，你的空白
比這一節拍
停得還久
二十年　你只跳了一下

老媽媽請您別停太久

我們的淚水很快就要流下了

旁邊的弟弟也比當年的海子大了
看得出來
他已變成哥哥
照顧這位嬌小的老女兒

下一刻
滿堂掌聲即將響起
老媽媽的衰老
卻沒有搶拍
鏡頭裡的她已經七十七歲
而海子　你那拍停在二十五歲。

老女兒媽媽
你聽見沒，
那迴響多麼綿長
多麼綿長……

註：2012.3.24 於秦皇島參加第一屆新世紀兩岸詩歌高端論壇暨海子詩歌藝
術節，在朗誦晚會上，聽海子的媽媽朗誦海子詩作〈祖國 或以夢為馬〉，
一時全場動容、靜默，唯有媒體跟工作人員擠在前面拍攝。我更是激動地
當場寫下初稿，寫畢，淚已潰堤。

2012.3.24 初稿 3.27 二稿 4.3 定稿

未竟之語

下午讀詩
沉浸在悲傷又神經質的音樂中。
把我們想成一首未竟之詩。
短詩。
在七律和日本俳句之間，
新舊的變奏……
何時寫完？
可以把你的臉，
畫上句點……
而窗外那麼多的雨對我說，
你。已經是句點。
　我。已經是句點。
　　已經。是句點。
　　　是。句點。
　　　　。句點。
　　　　句點。
　　　　　。

下午還沒結束，
　　音樂未停，

詩集沒翻完，
寫給你的，
沒下文，
我一律恢復成逗點。。，。，，，，，，，
等雨停，，，，。，，。，，。，，
，句點或逗點：由我決定

2012.10.19 一稿 12.22 定稿

他，感冒了

越接近夜晚，
他的呼吸就越明顯，
每一呼息彷彿彷彷彷彷……
……彿，也把我
吸進去。

他的鼻腔在滾著一小壺開水
呼嚕嚕、呼嚕嚕……
睡覺時燒了一壺又一壺。
有時，他忽然劇烈地咳嗽
咳出了許多失眠的星星，
星星都掉在地板上
我們的眠床上，漸漸
漸漸冷卻時
無辜地眨著眼睛。

此刻，他紅眼紅鼻子
跟這些謫凡的星星一樣，
已被細菌入侵了。
那種不純潔的可憐

那模樣呀，
像是不能飛的雛鳥
才有的處境了。

「我能怎麼辦呢？」愛，莫能助
「妳去睡沙發好嗎？」他說。

2012.11.7 初稿 12.16 二稿 12.22 定稿

瓊州海峽光譜

AM5：59　星星還亮著眼睛
　　　　　守護夜晚。

AM6：01　一顆不耐的流星
　　　　　投入海洋的懷抱
　　　　　尋求另一種溫柔。

AM6：29　橘色即將撐開
　　　　　天上的黑
　　　　　海裡的黑。

AM6：41　白光帶來綠色的海
　　　　　黃色的沙灘
　　　　　紅色小點點的貨輪。

AM7：00　彩色的泳衣泳褲
　　　　　在音樂和獅吼功的節奏中
　　　　　跳入海浪合唱的邀請。

AM7：10　那些船艦開往北方
　　　　　瓊州自此成為南方的南方
　　　　　逃難的終點
　　　　　鄉愁的起點
　　　　　而我來自南國
　　　　　此刻佇立南島的海峽

　　　　　我所知的歷史傷痕
　　　　　都是別人的；
　　　　　但眼前瓊州海峽
　　　　　卻是我的。

AM7：15　破曉，是太陽
　　　　　這顆熱情的眼球
　　　　　睜開一條惺忪的眼線
　　　　　與我對望。

AM7：16　慢慢地，它知道
　　　　　我早於清醒的注視
　　　　　使瓊州海峽有了
　　　　　嶄新的歷史光譜。

AM7：18　那是多年前……
　　　　　人們離去前的眼淚……
　　　　　折射在此時……
　　　　　廣闊的溫柔沙灘……

2012.11.24 初稿於海南 12.5 二稿 12.16 定稿

離

有時，我和你如此近。
就像那晚
在佛陀館的星光大道，
大佛低眉的慈目裡
一個走前、一個落後
你和我
平分了佛眼的護佑。

也有時，有人需要你做父親
也有時，一個兒子喚我為媽媽
我們記起了世俗，
隔出了你我的距離，
原來不僅是兩岸；
那些冠在身上的其他名詞，
瞬間變成十萬八千里的遠方。
使我們面對面
看見了現實的白山黑水。

少女的歲月不留白，
青年的腳走進了時間的黑洞。

一個笑容便讓我蒼老，

一次道別就產生寂寞的宇宙。

你留意否？

匆迫的揮手裡，

我已將佛眼的一抹慈悲

掛在你轉身的肩頭上。

2013.2.5　2.16 二稿

聚

不見面的時候，
才是我們相聚的時候。

不說話，
才有了思念的誕生。

你不要說，
我亦不說。

不愛，是勇敢的放棄；
愛了，你是我失敗的英雄
我便是你靈魂的浪女。

2013.2.5 2.16 二稿

沒有句點

逗點一般的麻雀，
跳躍在佛性的語葉上。
菩提廣場，萬物寫著文章。

我來，我破譯所謂的禪
「暗夜布滿星雲
朝陽顯露佛光」
誰在領著眾生，
法輪常轉，
因果
沒有句點

2013.4.1

愛情公案

滅

一棵有毒的曼陀羅
在我眼裡枯萎

生

眼睛以外，除了你的身影
縮小成一芥籽，
其餘再不能種下什麼。

迷

失去方向就失去了路就失去了
腿也就只能困頓在時間內
也就失去我尋你的動力。

無

而你不說
我聽見世界所有的吵雜

怨

而你不說，
我說了。

痴

我說話了
你卻用吻
轉譯為呻吟

問

呻吟是語言嗎？
我知，吻是動詞
這兩者亦不可言喻。

靜

我對你，不壞
你對我，不好
我們之間不好不壞，
很靜，
平平安安。

2013.6.20 定稿

遺情

我需要排泄
有關你的笑和憂鬱的眼神，
一切好以及所有壞。
已經蹲在這裡太久，
消化早已完成。
你是無用的，
垃圾、
糞便，
只是，為什麼身體
還留著你？
留你成了宿便。

啊！時間太短，
還無法排除
無法將你排遺。
日子過去了，
你不是雄性的經血，
你是我雌性的沉痾，
中年的高血壓
膽結石

白髮
色斑
灰指甲
法令紋
卡在盲腸尾端的
一塊糞石。
你是我最不需要的
隱疾

2013.7.2 初稿 9.1 定稿

吃

蒼白的血紅

他凝視著將永遠停滯的一幅畫，
陽光曲曲折折，
投影在穿廊的外牆上。
光影錯落，歷史慘白的陰影
還未塗抹到他的身上。

二二八，新的一頁翻到三二五，
他被扳到這一頁，誰看？
看鮮血紀錄了整面的空白，
彼時，沒人敢在尖叫的太陽下
閱讀死亡的情節
更無人唸出他的名字。
只有他的妻子，
用鎂光燈沉痛地嘆了一聲。

暗室洗出黑白的真相，
他曾經凝視的學校，
已用畫筆留下蒼白的預言。

2013.7.29 定稿

海以及其他

勇氣

秋末，
一隻候鳥
準備飛過
太
平
洋
。

悲傷

他看見懸崖，對我說
那裡很平坦
站在上面看夕陽，
海會低一點，
天會高一些。
我們慢慢地走，
懸崖後面一條蜿蜒小徑。
小徑盡頭就是夕陽、

就是懸崖前面。

我們凝視了美麗絕景，

就退回安全之處嗎？

「不，」我咬著牙、含著微笑

「朝陽在等我躍下……」

這句話在夕陽之前說出來，

很纖細。

2013.8.2　9.7 一稿　2014.3.15 再修　2014.5.31 定稿

喊話
——致廈門吳世澤老廣播員

砲彈是我們的潮汐，
洶湧之後
我們開始對談鄉愁。

「金門島的官兵們……」
「廈門的軍官、百姓…….」
我在藍天白雲、碧海、這岸……
不，汝係住著赤紅色的鐵幕……
我吃香蕉你吞皮，
我啃雞腿你嚼樹根。

那麼近，卻對彼此一無所知。
衛星傳輸上，兩岸又如此遙遠。

我們常常對喊，
意氣用事地招呼、報平安，
用天堂的條件，
製造地獄的想像。
啊，到底誰欺騙了誰？

大喇叭、九頭鳥、
覆蓋功率，隱藏心機。
心戰是專搗耳窩的游擊，
砲彈打不倒的地方，
我和你交換了最難企及的陣地。
那方位是我們的心，
同樣的鄉愁，
長在不一樣的島嶼。
主詞對調，
副詞和形容詞一模一樣，
都說：
回歸吧，返來吧……
最後卻是當年的承諾，
像那時的炮擊，
落在各自的命運上。

偶而想起，你的聲音
原來鏗鏘裡有無限柔情。
是否你的記憶裡，
我也是此生對你說過
最多、最火爆情話的那一人？

話都説盡了，

兩岸都和平了，

陌生的親人，

我　很想你。

2013.8.18 鼓浪嶼初稿　9.7 再修訂

註：吳世澤是 1950-70 年代，兩岸金廈砲擊歲月中，第一個用閩南語向金
門心戰的第一個廣播員。今年已 85 歲的他，最大心願是在金門、廈門的大
嶝島兩邊，與那時互相喊話的湯麗珠等「戰友」，也是兩邊軍中的「夢中
情人」們，大家於兩岸前線見面、互道生平的命運轉折。
註：大喇叭跟九頭鳥，都是廣播擴音喇叭的工具別稱。

中年兩首

我穿上你，
天就黑了。——姚風

久了就好

時間過去好久，
久到我變得乾淨了。
離你遠一點
是否我就能原諒他？
而你是一帖道德的清潔劑
原以為是愛染，
卻也漂白了我。

時間很薄倖，
我會忘了你，
在逐漸白頭的他身邊
撒一次野，當一回乖。

你和他都不必潔癖，
從頭到尾
我乾淨就好。

不新鮮了

日久知道，太陽底下
沒有新鮮的愛情。
因為太陽有時也是黑暗的、
黑暗的還會灼燒人……

時而天未亮，睡著，
我能感覺光
一點一點爬在臉上，
卻仍是暗暗的溫度。
只能自己感受，
天要亮，意識跟著醒。
而我而眼皮而我的心
還想賴一下，
用黑暗抵抗光。

等光，一下子不新鮮了
我再醒來。

2014.1.24 初稿 2015.3.30 定稿

往大理高速停頓

我們把星星都讀遍了，
大理仍在 100 公里以外。

行李 35 公斤，出發
為了此次相會
我把臺灣時間減去兩天，
為了加上大理的風花雪月。

飛機遇上兩次亂流，
在隱形的空漩中
撥慢半個小時。
行李帶吐出 25 公斤的大箱子、
軟布袋合不起拉鍊的 10 公斤資料，
我推著一大一小的行李
在機場大廳狂跑；
邱健、李海英的臉
是此刻的終點。

11：15　Buick 自昆明出發
第一個看到的地名是板橋，

原來我沒離開臺北？

然後是讀書亭……

車在楚雄休息站加油，

三人心想，再兩個小時就到，

啥吃的都沒買，

只買了防瞌睡的咖啡、蠻牛。

需要加油的，只有 Buick

02：05　大理 110 公里

山在前面、

山也在左右，

車子在前面，

忽然都堵成了丘陵。

長長的隊伍，

跟山一樣靜默

跟夜一樣黑，

我們在車裡，

以詩和交響樂取暖。

冷山的背棱溫和

星光越過半個天穹

翻過山背、陪著月亮

照著動也不動的車子。

山在前面、
山也還在左右,
大理在前面,
我、邱健、海英在高速公路,
速度 0

03:45 世界睡了

洗塵發訊:在哪?
李森發訊:到了沒?
某某發訊:什麼?停住了!

世界都睡了,你們也睡吧。
我們等前面的丘陵變回車流,
卻等到遠方的星光,都睡了……

洗塵、默默、桑克去睡吧,
等,是我們三人的事
是朝陽的事;
我說「去睡吧」,我催眠自己
卻不能睡。

04:30 距離 1100 公里

星光彷彿只離 10 公分,

它用幻覺欺騙我。
就像我欺騙前面的山，
大理應該只剩 10 公里。
山沒在動
速度沒在動
而月亮星星動了，
我開了車門，我想走路
學披星載月的白族女人，
一路走到大理，
哪怕是 1100 公里。

05：25 沒有里速
高速上的大貨車、
轎車、休旅車、卡車、超跑⋯⋯
都被星月的腳程
一一超過。
太陽超過夜晚，
也超我們的車。

06：20 大理倒數
天大亮，
窩在後座
一隻狐狸的我，

感覺車流動了⋯⋯
邱健、海英聊了一夜的詩與音樂
他們是夜鶯和鷓鴣。

我的大衣是我的皮毛
我蜷著自己的體溫
終於進入昨夜的夢境。

09：20 醒來，睡去

大理醒著等我。
那些未眠的人啊，
請調整遺失的一夜
讓我們在大理醒來
又趕緊睡去吧。

大理早安，
晚安，大理。

後記：2014.3 月 22 日，我自臺灣桃園機場搭夜班飛機抵昆明，因不想跟上
次一樣在昆明睡四五小時，再搭機去大理，於是事前跟主辦單位說，昆明
要去大理參加的詩人，乾脆晚上就接我，直奔大理。沒想到剛過楚雄，高
速公路竟然無預警封閉。開車的邱健、陪同的李海英、我三人，就在高速
高路上度過一夜。原定只要兩個多小時的車程，竟然花了十個小時。而高
速封路的原因，一直不明。這是我生平第一次的高速奇遇，以詩誌之。

2014.3 月初稿   2015.3.30-4.2 定稿

空位有我

就這般，化蝶而去，
孤獨國裡的王，
您沒來得及握住一雙手，
這孤寂過於完美，
使人垂淚。
空出來的椅子，我來
我必定坐下，
只因您留下的孤獨，
是甜的咖啡、
是暖暖的溫度、
是金門高粱的醇香、
是定在一點的走看、
是非亂我心的懺悟、
我必定穩穩坐下，
用力緊扣雙掌，
以您曾經給我的力道
打坐我。
觀想您。
我們還在一起。

2014.5.1 初稿 5.2 定稿

第二個吻

夜晚已將行人隱沒，
我無法占據
這其中一角
或你。

剛剛我們吃了德國豬腳、
煎虱目魚肚、客家小炒、
喝了幾瓶臺灣啤酒⋯⋯
其實，呃
已經太飽了。而你
呃，意猶未盡的
是什麼？呃？

你即將說出的，
是我早已知的答案
但能否不要說出。
此刻，我們等車的姿勢
也像在等待彼此的回覆；

最好車不要來。

最好車子趕快來。

車子和紅燈都是老虎，
眈眈而視此一結局。
在它們逼臨前的 82 秒，
你用一個混合著肉香
魚腥、酒氣的吻
提高了開戰的緊張。
燈，閃綠
你的吻還不結束，
我們開始如深夜和凌晨的關係，
難以界定地
曖昧了。

2014.10.19 初稿 2015.4.19 二稿 4.27 定稿

孤獨曲
──觀「聽臺灣」泰武國小歌唱

舞臺上
分明一個少女，
她唱，那孤獨的哀歌
「為什麼？
我被創造成這個樣子呀？
沒人比我哀傷的樣子呀！」
歌聲如此嘹亮，
就好像孤獨應該如此
高亢嘹亮高亢又嘹亮，
從臺北盆地一路拔尖，
孤獨爬上了玉山
那樣卓然又艱辛。

十二、三歲的少女
在舞臺上唱著孤獨
像是登高用的掛壁鉤，
鉤在危險的懸崖上
對著世界喊叫，
平原的人沒聽見

海邊的人沒聽見
田裡的人沒聽見
城中的人聽不見⋯⋯

只有同樣攀向高山的人，
聽見自己的孤獨，
不斷在耳邊迴旋
迴旋少女的哀歌。

2014.11.09 初稿 2015.4.19 二稿 4.27 定稿

走，跳

第二跟第四個，不要
只挑第一個跟第三個，
為了奇數
為了讓經驗值落單。
雙雙對對的爭吵
最後落得，總是
單數。

自己變更好，也更孤單。

喜歡挑難走的路，已成習慣
懷疑那條路上，
其他的同類已經絕種？
而僅存的自己
即將走入，
盡頭形成的隧道
那光裡的最暗……

2015.02.18 初稿　2015.4.27 定稿

眼

晨光

昨夜有夢，
自眼眶逃脫。
一個情思凝成露水
草尖上，
一顆顆的地球
今晨誕生。

午

除非那人出現，
才能將豔陽
自我體內喚出。

夕照

河邊，左岸
適合白鷺鷥、夜鷺
適合我，發呆。

一切都漸漸地慢下來……
直到有人將夕陽
兩，枚，
放入我眼眶。

2015.3.5 初稿 2016.8.2 定稿

火燄
——致莫名的發燒

你用病態的方式侵入我，
你在我頭髮之下，點火
我必然生病了，
從一根髮絲到腳趾頭、
從皮膚到微血管裡的單細胞，
全部都在燃燒。

你點起的火，
燒著我的脂肪。
但無法修剪火燄一直跳高的姿態、
也無法降低火燄吶喊的分貝，
只能，只能讓我燒盡
用決然的冷卻
把你推開。
離開你，離開我。

2015.4.25 初稿　2015.7.28 定稿

有些星子風流成性

乍現

是我
我看見了你。

那如水的暮色，
傾倒我心，
只為一顆新星
讓出我的璀璨。

星象

每顆星星都是你的眼睛，
在雪線以上，
忍住一些想念的淚光。

夜風

一陣風，把世界往前推動十公分；
隨後，又將這一切

推向了我。
這一瞬間、那一瞬間,
我不前不後,
就像為了
與你重逢。

流星

對望如此近,
一個眼神擁抱了彼此,
別人的凡間,
有了隱約的流言。

組詩定稿 2015.6.22

開瓶

八月，請持續下去，
不要九月。

那年夏天的葡萄，
我沒能採擷，
你直接釀成酒，
送我。
你的眼神比酒更美，
我打開你的酒時，
你的眼睛沉在瓶底。

我來去匆匆，
活的比時間還忙，
可你來了，攬住我的腰
說：你怎麼釀成自己的？

我喝了一口你的眼波，
我是颱風，總是破壞
總是拒絕善意；
心懷不軌的，彷彿是這個人間。

我是九月的颱風，
不知是提早還是延遲，
我來侵襲你的八月。
而你是最醇厚的酒，
適宜成熟的風華來醒。
在只有彼此的派對裡，
我，動手，
慢慢旋開你的瓶口。

2015.8.25 初稿 9.5 定稿

高鐵往南

過了新竹，
山脈高壯了
溪河於眼下蜿蜒扭腰
列車穿過綠色的山谷，
我的眼睛有別的太陽閃著光。
比我早到站的旅客
在月臺上變成企鵝，
左右手提著大包小包
正搖搖擺擺地要回家。

到彰化，樹蔭遮蓋了果實，
雲林的玉米抽穗，
隔壁座啞啞說話的小女孩
喊著「牛牛，牛牛」
但我轉頭
只見兩隻挖土的怪手，
無聲啃著土地；
我承認，那一刻風景
讓我有了感動的表情。

到了嘉義站，
甘蔗微微鞠躬，
迎接上阿里山的旅客，
藉著風聲翻譯「歡迎光臨」。
我嘴角的笑意
一路抵達臺南
那是鄉愁的起點
我的終點。

2015.12.20　2016.6.28 二稿 2016.7.4 定稿 2018.12.21 修訂

蘆葦之歌

踱著緩慢的心事，臨河，
腳下是一片城市的倒影。
把身影投進水面，
我住進對岸陌生的高樓；
時空融成一池
硬體與肉身渾然
實已虛空，我溫柔如一滴水。

河面比我更接近天空，
遠方的蘆葦
比身邊的愛情
更搖曳生姿。
我的出發，
不要虛無的目的。
心事踱回，
終點已不是出發地，
對岸有人望著我。

2015.12.20 初稿 2017.3.17 定稿

第二市場三四味

麻薏

夏天的野性是限量的，
把它搓擠出來，
洗成一碗滑潤的溫柔。
啊！原來夏天如此爽口，
那深綠色的苦鹹甜，
是去年與誰的故事？

黑白切

一盤切碎的心肝腸肺
隨意地被夾起，
咀嚼一種零零落落，
毫無秩序的酸甜苦辣。
分明是一道小菜，
卻讓黑與白
拼出了生活的色香味。

魯肉飯與丸子飯

氣吞山河，所以要大吃一頓。
嘴裡滿滿是，
臺灣醬之滷之的
一片爛肉，是山
一匙滷汁，是河
米飯為陸土；
也有那威猛的獅子頭，
卻變成卡哇伊的丸子頭。

這一碗魯肉跟丸子飯
不論身世來自何處，
到了第二市場
都變成必解的臺中饞味了。

2016.9.19 初稿 10.1 定稿

請坐

椅子都沒人坐了。
我假裝成別人，
點一杯咖啡，
等你來認識我，
好嗎？

你必須是新的人，
第一次邂逅……
如果發語詞錯了，
我不會理你。

讓我們重新建構
初戀的禮貌，
「請」，「謝謝」，
當誰說出「對不起」，
我們就分手。

2016.3.2 凌晨一稿　上午定稿

鏡三帖

妄遠鏡

有了愛情，
就妄想遠方

望遠鏡

為何你來了，
我的眼裡
再無他方？

忘遠鏡

看著你，
我便忘了他。

2016.9.26 初稿 2017.3.17 定稿

遊戲之後

引子

死往何去？
生從何來？
也許，
死是結束，
生是遊戲。

無常是，
我們都會在某一日常
遊戲結束。

誰說命是時間的經緯，
運是移動的棋子？
而我們都走在這棋盤上。

親愛的，
慢一點、謹慎一點，
恰如我對你的愛，
每一步都經營；

讓我輸給你，
換來你每一個笑、
笑我傻，「你這個傻瓜」。
只想跟你好好下
我們的每一局
每一步棋。

誰都知道，我愛你。

謎

誰的宇宙已生成？
誰擁有這神祕的膨脹？
你是誰？
而某人已擁有你？
或是一齣悲劇的謀和？

你說：「我還不知道我是誰？」
某人回答：「你已經是我的。」
生命是無知而來，
朝未知而去。
誰都知道
其實

你和自己的影子
在跳舞。

計時器

人生是一秒一秒活來的，（替踏替踏）
也是一秒一秒死去的。（替踏替踏）
偶然而生，（替踏）
必然往死裡而去。（替踏）

愚者問時鐘：
要如何抵達永恆？
時鐘回答：替踏替踏替踏
老者問：要怎樣抓住那一秒一秒的流失？
時鐘回答：替踏替踏替踏
小孩子問：什麼時候我會長大？
時鐘回答：替踏替踏替踏

僧人站在街頭
他靜靜托缽，很久了，
像一棵行道樹那樣
仿佛生長在街景裡。
眾人看不透他的年紀

誰也看不透。

而僧人在六歲時

已經看透：

一秒跟永恆如此相近，

他便把童顏覆在六十歲的臉上。

僧人面對著城市最大的鐘塔，

靜靜立著，向眾人化緣，

替踏、替踏、替踏

高跟鞋皮鞋學生鞋高筒靴運動鞋雨鞋

替踏、替踏、替踏替踏替踏替踏

工作鞋學生鞋高跟鞋高筒靴皮鞋雨鞋

替踏替踏替踏替踏

替踏替踏替踏替踏替踏、替踏、替踏……

僧人變成計時器，

眾人都是秒針。

替踏。

情感遊戲

「輸的人，死掉。」

下一局

換贏的人輸，

剛剛中了一發隱形子彈的那人
此時正威風地喊：
「你輸了。」
我倒地、閉上一隻眼
感受到輸的沉重；
那人贏得八分燦爛，
我用餘下的兩分口氣說：
「再來一局，一定讓你輸。」
這時，他笑得十分得意。
為了那人滿意的笑容，
我願意再輸一局。

我與那人的愛，
一向都是 28 賠率。
我輸得起，
只要遊戲進行下去
輸贏輪迴，我就不會死。
贏者是我。

爬山

人都在爬自己的山。
有些人的山，海拔 7 公尺。

有些山很高，110 公尺。

生命是爬上頂峰，
俯瞰來時路的全景，
卻再沒體力、
也不想走下坡了。

到頂，就是走到底的死路。
人走的是一條向陽坡，
山的另一面黑暗、不明
沒有誰從後山繞回來，
告訴我們那背後的風景。

向陰之路
暗而渾沌
且無他人的眼睛看顧
連影子都迷路

我一個人爬山。
你也一個人。
前面有誰，但不一定先到。
後面有誰，或許下一秒就超前。
這座山從來都不太高，

只是路，只是路
路讓人以為生命很長，
看不到盡頭，
我們爬，
其實我們都在孤獨地爬，
一個人的山。

你死，而生你們
——麥堅利堡二次大戰軍人公墓

在綠色草皮上，
用死亡灌溉出白色的十字架。
這些淨白的水泥灌木，
年輪停在 16、17、19、21、23……
我們必須要彎腰，才能平視
那些簡單的語葉，凋落
凋落，一個名字凋落
凋落到我們用鞠躬的姿態
才能看見上面的字：

Albert 人類的守護者　Baron 男爵　Chad 有經驗的戰士
Darren 成大事業的潛力者　Edison 照顧他人而豐富自己
Frank 自由之人　Gordon 強壯的人

Hardy 勇敢且人格高尚者　Ivan 強悍冷酷且霸道者
Jason 治癒傷口的人　Kennedy 領導者 Leonard 獅子
Mark 有侵略性的人　Nat 禮物 Oliver 溫和親愛的
Patrick 出身高貴者　Quentin 生活富裕的人
Raymond 強而有力的保護者　Spark 充滿活力的
Tony 受尊重的人　Ulysses 智勇雙全的王者
Victor 征服者　William 強而有力的戰士
Xavier 光輝燦爛　York 養豬的人 Zebulon 宅男……

你是誰？你們不是這些名字而已。
你誕生在加州、佛州、康州、愛荷華、夏威夷……
到這裡卻變成你們，最後
菲律賓把你們融成一片土，
你成為樹、你們成為空氣、
你不見了、你們被傳誦了、
你死了、紀念誕生了。
緩丘上白色的十字灌木，
凋零的不是葉子，
是你們的名字。

震後

陽光搖搖晃晃
天空高高低低
一朵雲，從東飄到西。

親愛的，地球在轉
但一切都很安靜，沒有暈眩。
讓我們傾斜的，
是我們看世界的角度，
如果你在 6 樓、11 樓、37 樓、85 樓、101 樓
我在 2 樓、中庭、地下 1 樓、街道、地鐵
或你在廟堂
而我在墓穴
誰決定高低？正斜？
我們輕我們重我們高我們低我轉身、你回頭
我們哭我們笑我們生我們死你留、我逃
如果無法跳探戈，
而是玩翹翹板
總是錯過彼此的時空，
那麼，相看或不看？
會有那麼一天，也許夜晚。
我在這，你在那

誰給了我們一顆對拋的球？

一切很安靜，

球拋出去了，

天地為之傾斜。

接得住嗎？

會有那麼一天，也許早晨。

我們其中有一人活著，

發現漏接了，無常。

誰把球收回了，你在翹翹板上。

2017.4 月初稿 5.8 二稿 6.13 三稿 1127 定稿

註：2016 年 10 月編舞家顏鳳曦來臺北找我看臺灣原創的現代舞劇。之後她跟我談及，發生在 2016 年 2 月 6 日的大地震，其女心兒的同學跟鄰居在此震災中離世。由於剛念國小的心兒才七歲，對於同學忽然不見了，死了，還有對地震的恐懼，讓她不知如何跟這樣年紀的孩子談生死無常。2014 年她改編我的一首詩〈孩子操場〉為現代舞，不僅在臺灣各地售票演出、並獲遴選為 2015 年代表臺灣文本跨界作品到英國愛丁堡藝穗節演出 20 場、受邀到美、韓等地演出，獲得多方好評，所以這次把抽象的生死議題，委託我來寫一組詩，而詩本身要舉重若輕、雅俗能賞。鳳曦要以我的原創詩作，解講給心兒聽，並引導女兒一起將整組詩編舞、也親自下場舞蹈。
聽著鳳曦的訴說，想起我曾親臨維冠大樓倒塌現場，全身仍顯懷難受。而鳳曦他們家就在震災的旁邊。我答應她，會盡全力寫出一組大人跟小孩都看得懂的詩，這就是陸續花了半年時間寫成的〈遊戲之後〉。
經過鳳曦找了舞臺道具設計、音樂編曲、燈光設計、地跟心兒的互動編舞，數月之後，這個結合了親子、遊戲、舞蹈、文學的跨領域創作，於臺南文化中心原生劇場首演。

溫州三疊

甌柑

在塘河的船上，
友人提來一袋甌柑，
我的眼睛不相信
這小小的橘子
有太陽的光、
我的觸覺被魔幻
橘皮薄如紙，果肉軟似綿
我的味蕾質疑這小果子，
幾乎是橘子、蜂蜜、
江南的水、海邊的鹹風、
鬆軟的土壤、農人的愛撫
所捏成的果實餃子。
離開溫州之後，再無遇見
比它更香甜的柑橘。
我的胃，有甌柑的鄉愁
一想起甌柑，
整個溫州便在記憶中
化為那小小的吻，

貼上我的嘴脣。

江心嶼

詩人乘著秋風來到江心嶼。
但見
雲朝朝朝朝朝朝朝朝散，
潮長長長長長長長長消。 (註)
都不知過了多少季，
孤嶼來過李白、杜甫、陸游、韓愈、謝靈運，
現代的鄭愁予也來了，
恰是
雲散潮消無數回，
愁予歡度只片刻。
江心嶼的秋風
以後愁予不愁予？

澤雅

六百年的紙，
竹影搖著墨汁、
漢字舞蹈著不同的身姿，
這紙曾包住茶香、

一條水流、
一座山的綠意、
鳥聲是滴漏了，
澤雅的手工黃紙有點脆弱
恰如歲月也跟水碓一樣，
咚咚敲著竹纖維
有些就這樣流失了。
他們未誕生之前，
澤雅的山水就準備
躍然於紙上，
只是，有人知道
他們的手跟水一起工作、
有些人卻不懂
將水流加快，
山竹隨風低頭
慢慢的慢慢的，最後
也梳理不了任何要流失的
六百年歲月……

註：疊字對聯為南宋詩人王十朋作品，於江心寺門口可見。

2017.6.13 初稿 6.16 定稿

純潔之淚
——香水百合

當夏娃哭著走出伊甸園
她帶不走裡面任何一朵花，
悔恨的淚水
是人類第一個愛的辯證：
「為何我不能愛唯一的亞當？
　我愛他就是愛我自己呀！」

夏娃的心沒有痛過。
一痛，
便結晶為純淨的淚水，
那是第一個女性
首次為愛流下的眼淚；
在伊甸園以外
夏娃種下了新品種的花卉。

每一滴透明的淚
落了土，
就長出了愛情的樣子。
長長的枝梗

開出了純白的花容
彷彿單純的夏娃
仰起頭在問：
唯一的愛
哪裡錯了？

2017.11.13 初稿　11.14 定稿

夕陽餘光中

這一天陽光燦爛，
窗外的死亡也被照亮，
不遠的山上
那座靈骨塔彷如鑽石，
銳利的光芒刺進了
我寧靜的家屋。

有一個人，在光中
熄滅了
而傳說，一下遍及兩岸。
我什麼都不想說。
其實誰也都知道，
光中之黯。

此時，
夕陽在放火焚燒人間，
最詭異的美麗，
莫非是那則遠方的訃聞？
即將消失的靈魂
此時正燦爛無比

在光中與我們道別。

2017.12.14 初稿 12.27 定稿

【代跋】吃時間
──致陳育虹女史

那時我以懺悔的藝文腔說

：「人生若切成不同階段，我們將發現

每個階段都像一輩子那樣活過；

二十年前十八歲的我飛揚跋扈

現在看來，那是我嗎？」

您以 RAP 的節奏回覆我，並這樣懇切

：「當然是你　沒有點就沒有線　沒有那時的你就沒有現

在的你

也許看起來不一樣　也許有不少改變／轉化

但在最最根柢　我們永遠是那最初的自己

是火永遠是火　也許有不一樣的燃燒

是水永遠是水　也許有不一樣的漂流

啊艾琳認了吧　我們也許比正常人多了很多神經

同樣一顆葡萄我們嘗著必然更甜或更酸更澀

認了吧艾琳　要學的只是怎麼消化這種種味道。」　（註）

現在我用品嘗過的心得敬覆您：

時間像長長的義大利麵

吃的時候咻一聲，很快

二十年就是一盤又快又長的時間。

而我來不及吃完，又上了一大盤了……

我　消化不良。

註：這是詩人陳育虹回覆我的一封信的內容，我原封不動地利用詩的乾坤大挪移技法，改裝成詩的樣貌。

From: yh

To: yal@xxxxxx.com.tw

Sent: Saturday, November 25, 2006 10:44 AM

From: Yen Liza

To: yal@chiuko.com.tw

Sent: Wednesday, December 20, 2006 11:44 AM

Subject: RE: Fw: 顏艾琳 200/12/19POEM

被小妞驚嚇了　好詩　很顏艾琳

很可貴的 "nakedness" 和 "edginess"

艾琳　謬斯給了詩人特殊的體質和特權　允許他們更敏感

也允許他們無盡的空間陳述他們的體會

很多詩人寧願淡化這特質和特權　而你懂得善用

2006.12.19 寫於三重有品之家 12.22 定稿

新人間 279
吃時間

作者——顏艾琳
主編——李國祥
美術設計——楊啟巽

編輯顧問——李采洪
發行人——趙政岷
出版者——時報文化出版企業股份有限公司
10803 臺北市和平西路三段二四〇號三樓
發行專線：02-25306-6842
讀者服務專線：0800-231-705、02-2304-7103
讀者服務傳真：02-2304-6858
郵撥：19344724 時報文化出版公司
信箱：臺北郵政 79~99 信箱
時報悅讀網—— http://www.readingtimes.com.tw
電子郵件信箱—— genre@readingtimes.com.tw
法律顧問——理律法律事務所 陳長文律師、李念祖律師
印刷——勁達印刷股份有限公司
初版一刷——二〇一九年一月十八日
定價——新臺幣三三〇元

吃時間 / 顏艾琳著 – 初版.
– 臺北市：時報文化. 2019.1
面； 公分–（新人間；279）
ISBN 978-957-13-7694-3（平裝）

851.486   107023670